Ce livre
appartient à :

....

....

offert par :

....

reçu le :

....

RETROUVEZ **Jojo** Lapin DANS

Jojo Lapin contre-attaque

Jojo Lapin et le bonhomme de neige

Jojo Lapin et le grand concours

Jojo Lapin et le hibou

Jojo Lapin détective

Jojo Lapin et le loup

MA PREMIÈRE BIBLIOTHÈQUE ROSE

1

Jojo Lapin
détective

La nouvelle se répandit comme une traînée de poudre : Zoé, la fille de Biquette, venait d'être enlevée.

« Ne t'inquiète pas, Biquette, dit Mimi Vison, elle a peut-être été enlevée par un prince charmant monté sur un cheval blanc…

— Un prince charmant ne demande pas de rançon ! » répondit Biquette entre deux sanglots.

Et elle tendit un bout de papier sur lequel était tapé à la machine :

« Ne dites rien à personne et vous retrouverez Zoé vivante. Pour cela, il vous suffira de déposer deux sacs d'or dans le tronc du chêne foudroyé du Val d'Enfer. »

Sire Lion chargea

Maître Renard de l'enquête. Ce dernier accourut aussitôt avec sa loupe, fouilla la maison de Biquette, parcourut la forêt en tous sens et revint au palais l'air embarrassé.

« Tout me porte à croire que Jojo Lapin est le coupable. Il était amoureux de la fille de Biquette et…

— Tu as des preuves, ou au moins des indices ? demanda le roi.

— Eh bien, c'est-à-dire que…

— Alors, cesse de me casser les oreilles avec ton ennemi personnel, gronda Sire Lion. Et trouve-moi un suspect plus plausible ! »

Mais la médisance porte toujours ses fruits et on commença à regarder Jojo Lapin d'un drôle d'œil.

Pour effacer tous les soupçons, Jojo décida de mener sa propre enquête. Il alla trouver Biquette, lui expliqua qu'il avait l'intention de l'aider et voulut voir la demande de rançon. Il tourna la feuille dans tous les sens et la flaira longuement.

Beaucoup d'animaux avaient déjà touché ce bout de papier.

Néanmoins, une odeur plus forte que les autres était restée imprégnée.

Jojo réfléchit, tenta de se souvenir, mais ne parvint pas à trouver à qui appartenait cette odeur.

Et il s'en alla songeur.

Chemin faisant, il rencontra Adélaïde la Grenouille : bien entendu, elle lui parla de l'enlèvement de la fille de Biquette et des soupçons que Maître Renard avait

tenté de faire peser sur lui.

« Ça n'a guère d'impor-
tance, soupira Jojo. Je
mène ma propre enquête.
Et je peux t'assurer que le
ravisseur est un animal
qui sent très fort.

— Totor le Sconse ?
hasarda Adélaïde.

— Non, fit Jojo Lapin.
Il est vieux, à moitié
aveugle et ne sort plus
guère de chez lui.

— Ralph le Blaireau,
alors ?

— Non, il vient de se marier et il passe sa lune de miel dans la forêt voisine.

— Nic et Noc les putois ?

— Tiens, tiens, fit Jojo. Il est vrai que cette odeur pourrait être la leur. Par ailleurs, leur honnêteté est assez douteuse et ils ont toujours besoin d'argent. »

À la nuit tombée, Jojo alla rôder aux alentours de la demeure de Nic et Noc. Les deux putois étaient marchands de ferraille et d'objets inutiles.

Le lapin s'approcha de la maison et jeta un coup

d'œil par la fenêtre. Nic et Noc jouaient aux cartes.

Les deux putois paraissaient complètement absorbés par leur partie.

« Ça peut durer des

heures, pensa Jojo. Je vais prendre racine et mon enquête n'avancera pas d'un pouce. »

Il était sur le point de rentrer chez lui lorsqu'il eut une idée subite. Il imita le bêlement de la fille de Biquette.

« Je t'avais pourtant dit d'aller vérifier que cette nouille de Zoé était toujours attachée et bâillonnée ! s'écria Noc dès qu'il fut remis de sa surprise.

— Mais, c'est ce que j'ai fait... Et pour plus de sûreté, je l'ai gratifiée d'une nouvelle piqûre de somnifère.

— Alors comment a-t-elle pu bêler ? À moins que ce ne soit sa mère qui... »

Au même moment, un carreau vola en éclats et la tête de Jojo apparut.

« Vous êtes cuits, mes petits. La maison est cernée. Rendez-vous et, si

Zoé est en bonne santé, vous aurez droit à la clémence de Sire Lion. »

La terreur paralysait les deux putois. Jojo passa une patte par le carreau cassé et ouvrit la fenêtre. Puis il ligota les deux frères, toujours incapables de réagir.

« Co… comment as-tu découvert que c'était nous ? demanda Nic.

— Élémentaire, répondit Jojo. Quand vous envoyez une lettre de demande de rançon, évitez de la laisser trop longtemps dans votre poche… Elle prend votre odeur.

— Et où sont les autres ? grogna Noc.

— Chez eux, j'étais venu seul », déclara Jojo en riant.

Les deux putois faillirent

s'étrangler de fureur, mais les dés étaient jetés, et il ne leur resta plus qu'à révéler l'endroit où ils avaient séquestré Zoé.

Constatant qu'elle dormait comme une souche, Jojo alla chercher Biquette et les gardes de Sire Lion.

Biquette organisa une grande fête en l'honneur de Jojo Lapin, mais elle n'invita pas Maître

Renard. Quant aux deux putois, ils allèrent croupir en prison.

2

Le train

Sous l'œil admiratif de Dame Lionne, Prince Lionceau multipliait les prouesses en planche à voile. Il filait d'un bout à l'autre du lac en un temps record et exécutait toutes sortes de figures acrobatiques.

Sire Lion, jaloux, décida d'imiter son fils. Mais, les premiers jours, il passait son temps à glisser de la planche et à boire la tasse. Les animaux de la forêt, attirés par le spectacle, se massaient sur le rivage et éclataient de rire à chaque plouf sonore.

Le roi, furieux d'être la risée de ses sujets, interdit les abords du lac jusqu'à ce qu'il sache tenir sur la planche.

Mais ces séances d'entraînement épuisaient Sire Lion. Et, comme le lac était fort éloigné du palais royal, il rentrait mort de fatigue chez lui après une très longue marche.

« Ça ne peut plus durer ! s'exclama le roi, un soir, au cours du dîner. Ces trajets m'épuisent. Il faut trouver une solution.

— La meilleure serait peut-être d'arrêter la planche à voile, suggéra

Dame Lionne avec un sourire.

— Ne dites donc pas de bêtises ! tonna Sire Lion. Ce sport me passionne et je fais de gros progrès.

Non, il faut trouver un moyen pour m'éviter ces longues marches à pied. »

Après le dîner, le roi alla s'enfermer dans son bureau pour réfléchir à la question. Mais il avait beau marcher de long en large, puis s'asseoir dans son fauteuil à bascule, bref, se torturer les méninges, il n'avait pas la moindre idée.

Au milieu de la nuit, fatigué de se creuser la

cervelle, il fit tirer du lit Maître Renard pour lui demander conseil.

« Je veux pouvoir aller de chez moi au lac et du lac à chez moi sans me fatiguer, expliqua le roi. Bien entendu, j'ai déjà une bonne centaine d'idées, mais je serais curieux de savoir si tu n'en aurais pas une.

— Mais, c'est très simple, Sire ! s'exclama Maître Renard. Vous

faites construire une voie ferrée. Vous achetez une magnifique locomotive, un splendide wagon, et le tour est joué. Plus aucune fatigue ! »

Maître Renard avait une superbe collection de trains électriques. Il passait des journées entières à y jouer avec Compère Loup et Frère Ours. Il avait toujours rêvé de pouvoir conduire, un jour, une vraie locomotive et il était persuadé qu'en échange de son conseil Sire Lion le laisserait piloter le train.

« Mes idées étaient évidemment meilleures

mais, pour te faire plaisir, je vais adopter la tienne, déclara Sire Lion après avoir fait semblant de réfléchir.

— Si vous voulez me faire plaisir, nommez-moi mécanicien de la locomotive royale ! s'exclama Maître Renard.

— Il serait imprudent pour ma sécurité de confier cette lourde tâche à n'importe qui, protesta Sire Lion. Je vais ouvrir un grand concours et le plus compétent l'emportera. Allez, tu peux retourner dormir ! »

Maître Renard, furieux,

se consola en se disant qu'il remporterait le concours.

Quelque temps plus tard, la voie ferrée était construite et Sire Lion avait acheté un magnifique wagon pullman et une superbe locomotive.

Jojo Lapin et ses amies, Adélaïde la Grenouille et Séraphine la Tortue, étaient venus admirer le train du roi.

« Moi, je préférerais piloter un bateau, affirma Adélaïde. Les trains m'intéressent beaucoup moins.

— Moi, au contraire, j'en raffole, dit Séraphine.

Malheureusement, mes réflexes sont si lents que je n'ai aucune chance de gagner le concours de pilotage.

— Les bateaux, les camions, les voitures, les hélicoptères n'ont aucun secret pour moi ! s'exclama Jojo. J'aimerais bien changer un peu. Et cette locomotive me plaît beaucoup. »

Maître Renard et Jojo Lapin n'étaient pas les deux seuls à vouloir être le mécanicien du roi. Mais, très vite, beaucoup de candidats furent éliminés : Azor le Chien était trop myope, Gaston l'Éléphant pesait trop lourd. Doudou le Hibou ne pouvait piloter que la nuit. Bref, le lapin et le renard restèrent bientôt seuls en compétition.

L'épreuve finale devait avoir lieu le lendemain.

Maître Renard, qui voulait absolument gagner, demanda à Compère Loup et à Frère Ours d'empêcher Jojo Lapin de sortir de chez lui.

Adélaïde avait espionné Renard et entendu ses sombres projets. Elle courut prévenir Jojo.

« Ne t'inquiète pas, je trouverai une solution, affirma ce dernier. Je te

remercie de m'avoir pré-
venu. »

Jojo courut chez un de
ses cousins, qu'on aurait
pu prendre pour son
frère jumeau, et lui
demanda de venir s'ins-
taller chez lui.

« Et surtout, montre-toi
bien aux fenêtres, recom-
manda-t-il. Il faut que les
deux gredins constatent
que tu ne sors pas de
chez moi. »

Le lendemain, dès l'aube,

Compère Loup et Frère Ours vinrent camper devant la maison de Jojo Lapin.

« Je l'aperçois, il est en train de prendre son petit déjeuner, dit l'ours.

— Dès qu'il sort de chez lui, on l'attrape et on l'enferme dans sa cave », expliqua le loup.

Mais le lapin n'avait pas l'air pressé de sortir. Après avoir pris un copieux petit déjeuner, il se mit à lire un livre.

« Il a dû renoncer au concours, hasarda Compère Loup.

— Désormais, Maître Renard est sûr de l'emporter ! » s'exclama Frère

Ours avec un gros rire.

Au même moment, Jojo Lapin, un grand sourire aux lèvres, se présentait devant Sire Lion pour l'épreuve finale. En le voyant, Maître Renard blêmit de rage.

« Décidément, ces deux abrutis se feront toujours avoir ! marmonna-t-il. Je leur flanquerai une correction dont ils se souviendront pour le res- tant de leurs jours…

— Que dis-tu ? demanda Sire Lion.

— Rien, rien du tout !

— Tu as bien mauvaise mine et tu me parais plu- tôt mal en point, constata le roi en dévisageant Renard. Repose-toi pendant que je ferai passer l'épreuve de pilotage à Jojo. »

Jojo Lapin monta dans la locomotive et Sire Lion dans le wagon. Le roi et son mécanicien étaient reliés par interphone.

« Démarre… accélère…

ralentis… repars… »
ordonnait Sire Lion.

Jojo suivait les consignes
et la magnifique loco-
motive fonctionnait à
merveille.

« Je me sens tout à fait en sécurité, tu es un excellent mécanicien, dut reconnaître le roi à l'issue de l'essai.

— Jojo est peut-être excellent, mais moi, je suis super-extra-génial ! s'exclama Maître Renard en bombant le torse.

— C'est ce que nous allons voir, dit le roi. Installe-toi aux commandes pendant que je remonte dans le wagon.

Tu feras exactement ce que je te demanderai. »

Dès que Sire Lion et Maître Renard furent installés, Jojo Lapin se glissa dans la locomotive par la trappe d'accès aux moteurs. Aussitôt, il coupa le fil de l'inter-phone et brancha des écouteurs d'un côté et un micro de l'autre.

Quand le roi dit « démarre », il répéta « démarre ». Quand le roi dit « accélère », il répéta « accélère ». Mais quand le roi dit « ralentis », il dit « accélère encore ». Et quand le roi hurla « arrête », il cria « accélère encore ». Bientôt, le train atteignit une vitesse telle qu'il manquait dérailler dans chaque virage. Quand, enfin, Jojo dit

« arrête » et que le train stoppa, Maître Renard descendit de la locomotive très fier de lui, persuadé d'avoir accompli un grand exploit.

Sire Lion, lui, restait immobile sur son siège. Blanc comme un linge, il avait mal au cœur et ne parvenait pas à trouver ses mots, tellement la rage et la peur l'étouffaient.

« Je vous l'avais dit, s'ex-

clama fièrement Maître Renard. Je suis le plus grand mécanicien du monde !

— Gardes, jetez-moi cet abruti aux oubliettes ! » hurla Sire Lion quand il retrouva enfin l'usage de la parole.

Maître Renard ne comprit pas ce qui lui arrivait et se retrouva dans une cellule humide et sans lumière.

Quant à Jojo Lapin,

ravi, il fut nommé méca-
nicien de la locomotive
royale.

3

Jojo Lapin et les tueurs à gages

Maître Renard, Compère Loup et Frère Ours commençaient à s'impatienter lorsqu'enfin on frappa à la porte.

« Les voilà ! » s'écria Renard en allant ouvrir.

Sur le seuil se tenaient deux énormes dogues à la mine patibulaire.

« Moi, c'est Bull, grogna celui qui portait un chapeau noir.

— Et moi Mastiff, lança d'une voix sourde celui qui portait un chapeau rouge.

— Entrez, fit Maître Renard. Nous vous attendions, mes amis et moi. »

Bull et Mastiff étaient deux tueurs à gages de la forêt voisine. Leur nom suffisait à glacer de terreur même les animaux les plus féroces.

67

« Sur qui allons-nous devoir exercer nos talents ? demanda Bull en déposant sur la table un énorme revolver.

— Nous voulons que vous fassiez disparaître notre pire ennemi, Jojo Lapin, répondit Maître Renard.

— Vous nous avez dérangés pour un lapin ! s'indigna Mastiff.

— Ce n'est pas un lapin comme les autres », expliqua Renard.

Les deux tueurs à gages furent pris d'un énorme fou rire. Les trois compères eurent beau leur raconter tous les méfaits de Jojo, ils ne parvinrent pas à convaincre Bull et Mastiff qu'il s'agissait d'un adversaire dangereux.

Les deux dogues affirmèrent qu'ils régleraient le problème en moins de deux minutes, ce qui ne les empêcha pas de demander deux sacs d'or. Maître Renard paya en faisant la grimace.

La nuit suivante, Jojo rentra chez lui fort tard.

C'était un soir de pleine lune et on y voyait presque comme en plein jour. Jojo approchait de chez lui en sifflotant gaiement lorsque, tout à coup, il vit un objet métallique scintiller dans un buisson.

À peine eut-il le temps de comprendre qu'il s'agissait du canon d'un revolver que le coup partit.

La balle siffla à ses

oreilles et Jojo plongea
dans le premier fourré.

« Bang… bang…
bang… »

Plusieurs coups de feu

déchirèrent de nouveau le silence de la nuit.

« Je suis mort ! » pensa Jojo en s'aplatissant le mieux possible.

Mais — chance inespérée — un lourd nuage noir passa devant la lune. Profitant de cette obscurité momentanée, Jojo fila jusque chez lui et ferma sa porte à double tour.

Puis, le cœur battant, il attendit la suite des événements.

« Tac, tac, tac, tac, tac, tac, tac... »

Un bruit d'arme automatique. Jojo entendit des balles s'écraser contre sa porte.

« Heureusement qu'elle est blindée ! pensa Jojo. Mais, à ma connaissance, ni Maître Renard, ni Compère Loup, ni Frère Ours ne possèdent de mitraillettes. De qui donc peut-il s'agir ? »

Le lapin ouvrit prudem-

ment sa fenêtre et, à l'abri de ses volets, tendit l'oreille.

« Cette porte est blindée, grogna une voix.

— Ouais, on aurait dû amener un char d'assaut. Mais, ne t'inquiète pas, Mastiff, nous avons un bazooka.

— Dans ce cas, Bull, ricana l'autre, il ne va pas rester grand-chose de ce lapin et de sa maison ! »

« Bull et Mastiff, pensa Jojo. J'aurais dû m'en douter. »

Il ouvrit ses volets en grand, s'allongea sur le sol et cria :

« Ne tirez plus, je me rends ! »

Il y eut une minute de silence, puis Bull répondit :

« Très bonne idée. Si

nous te ramenons vivant, nous demanderons un troisième sac d'or.

— Je dirais même plus, c'est une excellente idée, renchérit Mastiff. Sors les pattes sur la tête et n'essaye pas de faire le malin. »

Jojo obéit, à demi rassuré. Mais l'espoir de gagner un troisième sac d'or incita les deux tueurs à ne pas tirer à tort et à travers.

« Qui va vous donner

de l'or ? demanda Jojo.

— Trois copains à toi, répondit Bull avec un ricanement sinistre.

— Et vous allez vous partager les trois sacs ?

— Évidemment, p'tite tête, maugréa Mastiff.

— Je te trouve bien naïf, soupira Jojo en se tournant vers Bull.

— Pourquoi ?

— On m'a dit qu'hier soir Mastiff était ivre et qu'il racontait partout : « Si cet imbécile de Bull croit que je vais partager mon or avec lui, il se fourre la patte dans l'œil jusqu'à l'omoplate. »

— C'est vrai ça, Mastiff ? » demanda Bull d'un ton rogue.

Mais Jojo ne lui laissa pas le temps de répondre.

« N'aie pas de remords,

Mastiff, poursuivit-il. Il paraît que, de son côté, Bull clame partout : « Ce pauvre Mastiff est bête comme son revolver, et il finira un jour par se tirer dessus sans le faire exprès. »

Cette fois, c'en était trop ! Les deux tueurs à gages se ruèrent l'un sur l'autre et se battirent férocement. Leurs hurlements de rage s'entendirent à des kilomètres à la ronde.

Maître Renard, attiré par le vacarme assourdissant de cette lutte sans merci, fut consterné de ce qu'il découvrit.

Les deux dogues, cou-
verts de bosses et de
morsures, se roulaient
par terre. Jojo Lapin,
rentré chez lui, riait à
gorge déployée.

« Je ne vous ai pas
donné deux sacs d'or
pour vous entre-tuer ! »
s'exclama Maître Renard
furieux.

Et il voulut les séparer.

Mal lui en prit…

Les deux dogues, ivres
de rage, se retournèrent

contre lui et l'assommèrent sur-le-champ. Compère Loup et Frère Ours subirent le même sort dès qu'ils montrèrent le bout de leur museau.

Les deux tueurs à gages reprirent ensuite leur combat jusqu'à ce qu'ils perdent connaissance.

Jojo Lapin s'assura que ses cinq ennemis étaient hors d'état de nuire, puis il alla prévenir les gardes de Sire Lion.

« Je ne sais pas ce qui s'est passé, leur dit-il, mais il a dû y avoir une terrible bagarre. En rentrant chez moi, j'ai trébuché sur ces malheureux

qui m'ont l'air bien mal en point. »

Les gardes emmenèrent les deux tueurs à gages et les trois gredins au poste de police, où ils les réveillèrent à grands seaux d'eau froide. Tous les cinq se lancèrent alors dans des explications si embrouillées que, le lendemain matin, Sire Lion excédé les fit jeter aux oubliettes pour quinze jours.

« Et surtout, expulsez Bull et Mastiff de la forêt dès qu'ils auront purgé leur peine », ordonna Sire Lion à ses gardes.

Jojo Lapin pouvait de nouveau dormir sur ses deux oreilles…

Table

1. Jojo Lapin détective 7

2. Le train 29

3. Jojo Lapin et les tueurs à gages 65